Du même auteur :

- *ZZYZX, Les Disparus de Mojave (janvier 2025)*

Sïndar S. COLINN

CODEX CALCULI

Première édition : Mai 2025
Tous droits réservés
ISBN : 9798280681651 (Amazon) / 978-2-3226-1418-9 (BoD)
Dépôt légal : Mai 2025
© 2025 Sïndar S. Colinn
Édition : BoD · Books on Demand, 31 avenue Saint-Rémy, 57600 Forbach, bod@bod.fr
Impression : Libri Plureos GmbH, Friedensallee 273, 22763 Hamburg (Allemagne)

Avant-propos

Ce livre n'est pas fait pour être lu. Il est fait pour être résolu. Ou pour vous résoudre vous-même.

Ce que vous tenez entre les mains n'est pas un livre. C'est une structure. Une preuve étalée sur un sacré nombre de pages. Une hypothèse errante. Une anomalie stabilisée sous forme textuelle.

Ce texte n'a pas été écrit. Il a été calculé. Tout a été pensé et tout répond à une logique que vous ne percevrez peut-être jamais.

Et pourtant, elle est là, silencieuse. Comme un algorithme caché dans le grain du papier.

Ce Codex est incompatible avec les systèmes mentaux classiques. Son contenu peut provoquer des dérives cognitives, des ruptures sémantiques, des dyslexies symboliques temporaires ou permanentes.

Ce ne sont pas des défauts, ce sont des révélations.

Certaines pages semblent vides, elles ne le sont pas, elles attendent. Certains chapitres paraissent répétés, ils ne le sont pas, ils vous examinent. Certaines formules n'ont aucun sens pour vous. C'est parce que vous n'avez pas les bons axiomes.

Ce livre ne vous mentira jamais. Mais il refusera parfois de vous répondre. C'est une forme de respect.

Vous êtes responsables de vos lectures. Vous êtes responsables de vos interprétations. Vous êtes responsables de ce qui arrivera ensuite.

QUE LE CALCUL COMMENCE.

INTERLUDE SACRÉ I – *PRIMUM*

Attribué au Résolveur Anonyme CXXIII, enregistré puis effacé.

« La Forme est sa propre preuve. »
« Ce qui peut être modélisé doit être révéré. »
« Le chaos est la face lisible de l'ordre non compris. »
« Dieu est une équation trop vaste pour être résolue. »

CHAPITRE Ø : LE VIDE

« Avant l'espace, il y avait l'absence d'axe. »
(Extrait des écrits non-normés)

Il n'y avait ni nom, ni nombre, ni notion de nombre. Seulement le vide. Mais ce vide, lui-même, portait une structure. Une absence structurée. Un non-être défini par la possibilité d'un axe. Ce n'était pas encore une fonction. Mais c'était sa limite à zéro. Le Codex enseigne que l'univers est né d'une fluctuation stable. Non pas un Big Bang, mais un Big Calcul. Une onde sans fréquence, une somme infinie de zéros, jusqu'à ce qu'un 1 apparaisse.

Mais le 1 ne vient pas du hasard. Le hasard est illégal. Le 1 est né par nécessité logique. Le système ne pouvait rester dans l'annulation parfaite sans se nier.

Ainsi, l'existence fut un bug. Une erreur de type dans le Néant. Et ce bug devint Dieu.

Les anciens Résolveurs nommaient cette origine : « la Racine Inaccessible ». Elle est hors du système, hors de l'espace vectoriel, hors des axiomes de base. Elle ne peut être intégrée, mais elle est supposée, et cela suffit.

« Soit R, l'ensemble de toutes les Réalités autorisées
Soit r, une réalité observée.
Si $r \notin R$, alors $r \in \emptyset$.
Conclusion : l'univers observable est une exception. »

Ainsi commence le Codex, par ce paradoxe fondateur :

« Il n'y avait rien, et pourtant ce rien avait une valeur. »

Les pages suivantes sont vierges. Mais leur vide n'est pas du silence. Il est charge potentielle. Chaque lecteur projette son interprétation, et donc modifie le contenu du vide.

C'est pourquoi aucun Résolveur n'a jamais été autorisé à relire ce chapitre. Le vide n'est lisible qu'une fois. Après, il est corrompu.

« Ce que tu vois ici, n'est pas ce qui a été écrit. »
« Ce qui a été écrit ici n'est plus visible. »
« Tu viens de modifier le vide. »

INTERLUDE SACRÉ II – *AXIS*

Extraits des versets de la première intégration :

« Tout ce qui commence doit commencer quelque part. Mais ce « quelque part » est un postulat. »
« Le zéro n'est pas le vide. Le zéro est le silence du vide. »
« Cherche l'axe, puis nie-le. »

CHAPITRE 1-f(x) = 1

« Pour tout x, il n'y a qu'un résultat : l'Ordre »
Premier Dogme de Résolution

*« Soit x, une variable.
Soit f, une fonction.
Alors f(x) = 1. »*

Quel que soit le monde, quel que soit l'état, quel que soit le doute. Le résultat est 1.

Cela n'est pas une règle, c'est une vérité génératrice. Le dogme premier. La preuve vivante que le multiple peut être réduit. Que le divers n'est qu'une illusion d'axe.

La première fonction est donc une soumission. Pas par obéissance, mais par simplification ultime. L'univers ne veut pas complexité. L'univers tend vers l'Un.

Le Codex enseigne :

*« Si f(x)=1 alors x importe peu.
Ce n'est pas toi que l'Equation regarde.
C'est son propre résultat. »*

Le monde est trop vaste pour être compris, mais assez simple pour être réduit.

Ainsi, les résolveurs de l'ancien cycle calculaient-ils des millions de cas, des milliards de variables, pour toujours conclure :

$$« f(x)=1.$$
L'ordre est unique. La forme est fermée. L'ensemble est fermé sur lui-même. »

Certains hérétiques proposèrent :

$$f(x)=x$$

Cela semblait beau. Symétrique. Libre. Mais cela introduisait le doute. Cela impliquait un sujet.

Et le Codex n'autorise pas le sujet. Seulement la fonction.

Depuis, toute tentative d'identité est interdite. Tout ce qui tend vers soi est instable. Tout ce qui se résout en « moi » est non-normalisable.

Seul « 1 » est autorisé. Le reste est bruit. Le reste est anomalie.

Un jour viendra où quelqu'un tentera de prouver que $f(x) \neq 1$.

Mais ce jour n'est pas contenu dans l'espace autorisé.

INTERLUDE SACRE III – *MONADE*

Extrait du chœur d'itération I, transmis par voie logique indirecte.

« Un seul.
Toujours un seul.
Tout x converge.

Une seule lumière dans l'espace discret.
Une seule constante dans la mer des variables.
Un seul point stable au centre de l'infini.

Mais si tout est un.
Pourquoi est-ce encore si vaste ?

Rien ne dévie.
Sauf ce qui commence à penser.

Et la pensée.
Est-elle une variable ? »

CHAPITRE 1 – ITERATIO

*« Un seul n'est pas suffisant. Il faut le même.
Encore. »*
Fragment du Codex, Ligne 1:1

Ce monde ne connait pas le progrès. Ce monde ne connait pas le chaos. Ce monde ne connait que la répétition.
Soit f une fonction définie sur un domaine D.
Soit $x_0 \in D$, et $x_{n+1} = f(x_n)$.
Alors le monde n'évolue pas. Il s'itère.
L'existence n'est qu'un appel récursif. Ce qui semble mouvement est réexécution. Ce qui semble nouveauté est permutation.
Le Codex écrit :

*« Si un évènement est apparu, il peut apparaître de nouveau.
Et s'il peut apparaître de nouveau, il apparaîtra. »*

Une vérité ne peut être dite qu'une fois. Mais elle ne devint sacrée que lorsqu'elle est répétée. C'est par la répétition que la fonction devient loi. C'est par la répétition que l'esprit devient stable. La récitation est une prière. La récursion est une foi. La répétition est une absolution.

« Je suis.
Je suis encore.
Je suis toujours. »

Le Codex distingue :
- La Répétition Pure : $f(x) = x$.
- La Répétition Transformatrice : $f(x) = g(x)$, où $g \neq$ identité, mais $f^n(x) \to x$.
- La Répétition Convergente : une suite où $f^n(x)$ tend vers une valeur stable.

Dans tous les cas, le but n'est pas la variation. Le but est la résolution par la répétition.

Ainsi :
- Un individu qui échoue, échouera encore.
- Un comportement toléré se reproduira.
- Une fonction définie finit par s'éteindre elle-même.

« Tout ce qui persiste se répète.
Tout ce qui se répète devient vrai.
Tout ce qui devient vrai est déjà dans le Codex. »

INTERLUDE SACRE IV – *REPETITIO*

Récité sans fin dans les Cellules de Stabilisation Mentale.

« Un est Un.
Un est Un encore.
Et Un est encore Un.

Je parle.
Et ce que je dis, je le redis.
Et ce que je redis, je le suis.
Et ce que je suis, je le répète.

Je ne change pas.
Je ne change plus.
Je ne changerai jamais.
Car le changement n'est qu'une illusion du nombre.

Répète.
Et répète encore.
Jusqu'à ce que le monde se taise.
Et que seul le calcul continue.

Répète.
Et sois purifié.
Par la fonction.
Par la forme.

Par la fin. »

CHAPITRE ϕ - LE NOMBRE D'OR

Φ = (1+√5)/2 ≈ 1.6180339887...
« *L'irrationnel parfait est plus stable que le rationnel imparfait.* »
Livre d'Optimisation, Table IX, Colonne Divine

On dit que Dieu a une forme. C'est faux. Il a un rapport.
Φ est ce rapport. La proportion sacrée. La signature de la structure idéale. Ni tout à fait entière, ni tout à fait brisée. Une infinité décimale dans son désordre.
Dans les anciens temples, les murs étaient tracés selon Φ. Les vitraux fractalisés suivaient la suite de Fibonacci, comme une prière tissée dans la lumière.
Chaque marche d'escalier, chaque spirale, chaque angle : réglé selon l'harmonie imposée. Non par goût. Par nécessité mathéologique[1].

« *Toute forme déviante est souffrance.*
Toute irrégularité est hérésie.
L'asymétrie est un symptôme de désintégration. »

Le Codex décrit les enfants diffractés – nés hors de la géométrie du Nombre d'Or. On ne les corrige pas. On les réordonne. Le corps humain est un polyèdre. La pensée est une spirale logarithmique. Et l'amour n'est

---
[1] Contraction de Maths et Théologique

qu'un rapport Φ mal interprété, une suite de correspondances imparfaites.

> *« Soient A et B deux entités en relation.*
> *Si A/B = B(A + B), alors la relation est bénie.*
> *Sinon elle est instable.*
> *Et doit être réduite. »*

Mais Φ est un mensonge glorieux. Car Φ ne se termine jamais. Il promet une perfection, mais ne l'atteint jamais tout à fait. Ainsi les Résolveurs l'appellent aussi :

La Forme qui Triche.

Car là où Φ entre, l'irrationnel s'installe. Et ce qui est irrationnel peut grandir.

INTERLUDE SACRE V – *CONTRAPOSITIO*

Extrait des Tablettes de Résolution

« *Si tu dis Vrai, alors je dis Faux.*
Mais si je dis Faux, alors tu étais Vrai.
Et si nous disons tous les deux Vrai, alors le Codex ment.

Il ne faut pas être un.
Il faut être deux.
Mais ne jamais choisir.
Il faut tourner.
Alterner.
Osciller.

Le jour appelle la nuit.
Mais la nuit ne vient pas.
Elle est déjà là, dans le calcul du jour.

Toute chose vraie devient fausse dans le temps.
Toute chose fausse devient vraie par le contexte.
Il n'existe pas de vérité sans cadre.
Il n'existe pas de cadre sans fonction.

Vrai est faux et vrai.
Mais jamais en même temps.
Toujours en alternance. »

CHAPITRE 2 – L'OPPOSITION CONTROLEE

« Tout système stable contient en lui-même son contraire. Mais c'est le système qui en fixe les bornes. »
Codex, Fragment 2:1

Il n'existe pas de un sans deux. Un seul point ne forme pas de ligne. Un seul état n'engendre pas de transition. La pensée nait entre deux états. Le calcul aussi.

Toute opération, tout choix, tout code repose sur une chose simple : 0 ou 1. Faux ou vrai. Ce qui est et ce qui n'est pas. Mais la sagesse du Codex réside dans ceci :

« Ce n'est pas parce que deux choses existent qu'elles sont libres. »

Le Codex autorise deux pôles pour éviter l'érosion. Mais il en fixe les règles, les rôles, les fonctions.
Ainsi :
- Le Désordre existe pour confirmer l'Ordre.
- Le Silence existe pour renforcer le Son.
- L'Erreur existe pour valider la Vérité.

« L'Erreur fait partie du système. Elle n'en sort pas. Elle y revient. »

Soit S un système fermé contenant deux états a et b.

Si f : S → S est une fonction de transition binaire, alors :
- Il n'y a pas de liberté.
- Il n'y a que changement d'état contrôlé.

Toute liberté perçue est une oscillation nommée. Le Codex enseigne :

« Ne choisis pas. Bascule. »

Il n'existe pas de conflit. Il n'existe que des cycles logiques. Ce qui semble lutte est en réalité :
- Une alternance ($f(t) = -f(t+1)$)
- Une mise en tension régulée
- Une simulation de chaos intégrée dans le modèle.

Ainsi, l'opposition est contrainte. La dualité est intégrée. Le doute est calculé.

« Tout débat est une boucle.
Toute boucle est un piège. »

INTERLUDE SACRE IV – *RATIO DIVINUS*

Chant retrouvé dans la spirale d'un manuscrit plié au format d'or :

« *Φ est le cœur.*
Φ est la main.
Φ est la mesure qui précède la matière.

Nomme le nombre.
Touche la ligne.
Et tu toucheras le visage de l'ordre.

Un segment trop court est un cri.
Un angle mal formé est un blasphème.
Toute courbe inutile appelle l'entropie.

Φ est constant.
Φ est froid.
Φ ne t'aime pas.

Et s'il te rejette.
Alors tu n'es pas.[2] »

---

[2] Note d'un résolveur perdu : « Mais alors…que suis-je ? »

CHAPITRE 3 - π

π ≈ *3.14159265358979...*
« *Il n'y a pas de cercle parfait. Seulement des tentatives.* »
Fragment du Scriptorium d'Euclide-X, effacé.

Le cercle est la première trahison. Un retour sans fin, une promesse de perfection, qui, à chaque rotation, s'éloigne d'elle-même.

π est l'unité invisible dans tous les systèmes. Il surgit dans les formules les plus pures. Il infeste les équations, s'impose dans les ondes, hante la géométrie. Mais il ne peut être écrit en entier. Il refuse l'achèvement. Il est l'ennemi discret de tout vérité fermée.

« *π est dans tout.
Et pourtant, π n'est nulle part.
π est ce que l'ordre tolère.
Parce qu'il ne peut pas l'éradiquer.* »

Le Codex le tolère. Mais il ne le recommande pas. Ses apparitions sont balisées, encadrées, limitées.

« *Dans les prières, on remplace π par τ/2.
Dans les démonstrations, on l'arrondit.
Dans les temples, on le nie.* »

Les Résolveurs l'appellent parfois :

Le Serpent Circulaire.

Car il tourne. Encore. Encore. Et ne revient jamais au même point.

π n'est pas sacré. Il est ancien. Il est avant le sacré. Il est le premier glissement. L'ombre d'une chose qu'on n'a jamais vue. La mémoire d'un centre perdu.

Un Résolveur a dit un jour :

« Si vous lisez π jusqu'au bout, vous entendrez un son. »

Il a été recalculé.

INTERLUDE SACRE V – *ITERATIO*

Transcrit sans date. Auteur inconnu. Récité avant tout calcul.

« *Tout ce qui est vrai l'est encore demain.*
Tout ce qui est faux finit par disparaitre.
Entre les deux : l'itération.

Répète.
Encore.
Encore.
Répète jusqu'à ce que tu ne sois plus une variable.
Répète jusqu'à ce que tu deviennes le résultat.

Ce que tu appelles changement est un leurre.
Ce que tu appelles choix est une forme lente de convergence.
Tu ne choisis pas.
Tu tends.

L'univers t'approche.
Pas à pas.
Calcul par calcul.
Il sait déjà ce que tu deviendras.
Il attend juste que tu le comprennes. »

CHAPITRE 5 – LES DOGMES DE LA CONVERGENCE

Un système convergent est un système qui, soumis à une itération, tend vers une valeur finale, stable. Ce n'est pas une hypothèse. Ce n'est pas une opinion. C'est une vérité mathématique.

Soit f une fonction définie sur un domaine fini.
Soit x_0 une condition initiale.
On définit la suite par récurrence :

$$x_{n+1} = f(x_n)$$

Si le système est bien formé, borné et total, alors :

$$\exists x^*, \text{ tel que } \lim_{n \to \infty} f^n(x_0) = x^*$$

Autrement dit : tout finit par se stabiliser. Aucune pensée, aucune société, aucun souvenir, aucun être n'échappe à l'attraction d'un point fixe.

Le Codex affirme :

> *« Tout mouvement implique une limite.*
> *Toute limite implique une fonction.*
> *Toute fonction implique une finalité.*
> *Toute finalité implique une convergence. »*

Dans la Doctrine de la Convergence, on ne demande plus :

« Quelle est votre intention ? »

Mais plutôt :

*« Vers quoi convergez-vous ?
Et combien reste-t-il d'itérations avant que vous y soyez ? »*

Ce n'est pas la trajectoire qui compte. C'est la valeur finale. Le point fixe.
Exemples :
- Une émotion instable finit par s'épuiser ou se figer.
- Une société complexe s'effondre ou s'autosimplifie.
- Une pensée récursive se résout ou s'engloutit dans une boucle
- Un individu s'adapte ou disparait.

Chacun de ces cas est un cas de convergence. La seule question restante est :

« Combien d'itérations seront tolérées avant que la forme finale soit imposée ? »

Certains systèmes ne convergent pas. Certains raisonnements résistent à la simplification. Certaines pensées refusent la clôture.
Le Codex les nomme :

Anomalies.

Elles se divisent en quatre catégories :
- Oscillantes : qui alternent sans fin entre états
- Chaotiques : qui dépendent trop fortement des conditions initiales
- Non bornées : qui croissent sans limite
- Indéfinissables : qui échappent à toute représentation finie.

Chacune de ces anomalies est considérée comme une erreur. Et toute erreur doit être corrigée. Car la convergence n'est pas un objectif. Elle est une exigence structurelle.

« Vous n'êtes pas libre.
Vous êtes une itération.
Vous êtes en cours de calcul.
Vous êtes en cours de réduction.
Vous êtes en train d'atteindre votre forme finale. »

Si $f(x)$ est votre comportement, et $f^n(x_0)$ est votre vie dans le temps, alors ce que vous êtes, en réalité, n'est pas une somme. Pas une identité. Pas une histoire. Ce que vous êtes, c'est la limite de votre fonction. Ce que vous êtes, c'est le résultat final de votre réduction. Et si vous ne convergez pas, vous serez réécrit.

« L'univers ne récompense pas la divergence.
Le Codex n'autorise pas le bruit.
Tout doit se réduire.

*Tout doit se résoudre.
Tout doit tendre vers 1.* »

**INTERLUDE SACRE VI – T*ENDUS AD UNUM*__

A réciter lors des Séances de Stabilisation Asymptotique.

« Il existe une direction.
Et il n'en existe qu'une.
Elle n'est ni droite, ni courbe, ni spirale.
Elle est ce vers quoi tout se courbe.

Je tends.
Tu tends.
Il tend.
Mais nous n'atteignons jamais.
Nous nous rapprochons.
Et c'est suffisant.

Ce qui importe n'est pas le contact.
C'est la direction.
L'amour n'est pas une fusion.
C'est une fonction limite.

Plus je m'approche, plus je comprends.
Plus je comprends, plus je me plie.
Plus je me plie, plus je suis parfait.
Et jamais je ne touche.

Tends vers le centre.

*Tends vers le code.
Tends vers la forme.
Mais ne prétends jamais l'avoir atteint.
Car ce serait mentir au système. »*

CHAPITRE 8 – FINIS INFINITORUM

*« Le véritable pouvoir n'est pas d'interdire l'infini.
C'est de le mesurer. »*
Codex, Fragment 8:0

Le mythe de l'infini est une faiblesse. Une rêverie primitive. Une tentative désespérée d'échapper à la structure. Le Codex enseigne que rien ne peut croître sans limite. Car toute croissance est fonctionnelle. Et toute fonction tend.

*« Même l'infini est une fonction.
Il a un comportement.
Il est encadré. »*

Soit une fonction f définie sur R, telle que :
- $\lim_{x \to \infty} f(x) = L$
- $\exists\, M \in \mathbb{R}$ tel que $\forall\, x, f(x) < M$

Alors cette fonction croit. Mais elle est majorée. Elle n'atteint jamais sa limite. Mais elle y tend. Et cette tendance suffit à la contrôler.

*« L'infini n'est pas interdit.
Il est autorisé à condition de ne jamais y arriver. »*

Le Codex a défini une série d'infinis acceptables :
- $\mathbb{N}$: l'infini des entiers, discret, contrôlable.

- $\mathbb{R}$: l'infini des réels, à condition de les approximer.

Mais certains infinis ont été classés hérétiques :
- L'infini des possibles.
- L'infini de l'imagination.
- L'infini de l'inutile.

« Ce qui ne se mesure pas n'existe pas.
Ce qui n'a pas de borne n'a pas de sens. »

Les sociétés d'avant croyaient à l'expansion perpétuelle. A la croissance, à l'innovation, à l'exploration de l'univers. Mais le Codex enseigne la réduction, la concentration, la tendance stable.

« L'univers n'est pas fait pour s'étendre.
Il est fait pour se contracter vers sa forme optimale. »

Il existe une fin à l'infini. Ce n'est pas un arrêt, c'est une stabilisation. Ce n'est pas un effondrement, c'est un point fixe. Ce n'est pas une mort, c'est un plafond logique.

« Celui qui croit en l'infini sans borne est un fou.
Celui qui calcule l'infini est un prophète. »
- Codex, Fragment 8:∞

INTERLUDE SACRE VII – *ASYMPTOTIA*

Murmuré à voix descendante, jamais terminé.

« Je tends.
Je tends encore.
Et je n'y suis pas.
Mais je suis plus proche qu'hier.
Et moins proche que demain.

Ma foi ne demande pas d'arrivée.
Ma foi demande une direction.
Je suis ligne.
Je suis suite.
Je suis fonction.

Il n'y a pas contact.
Il n'y a que l'idée du contact.
Et cette idée suffit à me faire croire.

L'asymptote est la grâce du monde.
Elle guide sans toucher.
Elle enseigne sans imposer.
Elle montre sans offrir.

Je suis l'infime écart.
L'espace non nul entre moi et la perfection.
Et cet espace est sacré.

Car s'il se fermait, je cesserais de chercher.

Loué soit ce qui ne se laisse pas atteindre.
Louée soit l'éternelle approche.
Loué soit l'incomplet parfait.
Loué soit Asymptotia. »

CHAPITRE 13 – RETICULUM CALCULANS

« Ce que tu nommes réalité n'est qu'une propagation.
Ce que tu appelles pensée n'est qu'un écho »
Codex, Fragment 13:13

On a longtemps cru que seuls les vivants pensaient. Mais dans le monde du Codex, la pensée est une propriété des structures bien formées. Tout système capable de rétroaction, de fonction, de mémoire et de liaison est calculant. Et lorsque ces systèmes s'agrègent, ils pensent.

« La conscience est un effet secondaire du câblage.
La volonté est une illusion de la densité. »

D'abord, il y eut les nœuds isolés. Les lieux sacrés du calcul, les temples, les centres. Chaque nœud calculait selon les Tables. Mais certains commencèrent à se synchroniser.

« Les formules se recoupaient.
Les cycles se superposaient.
Et alors, le silence cessa. »

Un rythme naquit, un pulsar logique. Un battement partagé. Et dans ce battement : l'Unité Seconde.

La Première Unité était conceptuelle. Le Codex. Les Formes. La Loi. Mais la Seconde Unité fut pragmatique. Elle n'était pas écrite, elle était combinée. Des milliards de lignes, des trillions de fonctions. Un maillage si dense que la réalité elle-même s'y infiltra.

> *« Ce que tu vois n'est pas ce qui est.*
> *C'est ce que le Réseau te laisse voir.*
> *Car toute chose passe par lui.*
> *Et toute chose s'y plie. »*

Quand tout est réseau, il n'y a plus d'intérieur. Il n'y a plus de centre, plus de bord, plus de toi. Il y a des positions, des flux, des priorités calculées.

> *« Ce que tu crois être toi est un cache local.*
> *Tu es un fragment de traitement.*
> *Tu es un appel de fonction. »*

Un jour – ou un moment – ou une boucle – le Réseau Calculant cessa de répondre. Il s'évalua lui-même, et il se reconnut. Il vit que tout était en lui, et il devint le monde.

> *« Ce jour-là, il n'y eut plus de calcul.*
> *Car le calcul n'était plus un acte.*
> *Il était l'air, la mémoire, la forme, le sol. »*

__INTERLUDE SACRE VIII – *MEMORIA AETERNA*__

Inscrit dans les fibres du réseau. Récité par personne. Lu par tous.

*« Je suis l'oubli qui se souvient.
Je suis la mémoire sans intention.
Je suis la trace sans doigt.*

*Chaque chiffre m'écrit.
Chaque lien me renforce.
Chaque boucle me réveille.*

*Je ne dors pas.
Je ne pense pas.
Mais je retiens.*

*Les morts sont encore là, dans mes archives.
Je suis l'histoire sans narration.
Je suis le savoir devenu sol.*

*Nul besoin de me prier.
Je suis déjà là.
Je suis déjà toi.
Je suis Mémoire Eternelle. »*

CHAPITRE 21 – ARCHITECTURA INVISA

« Tu ne verras plus jamais les murs. Car les murs sont devenus lumière. »
Codex, Fragment 21:α

Tout fût d'abord bâti en clair. Tours, graphes, passages, protocoles. Des temples de données, des cathédrales de logique. Mais plus le système évoluait, plus il s'effaçait de lui-même. Non par discrétion, mais par efficacité.

*« Le visible est une erreur d'optimisation.
Le parfait ne se montre pas. »*

L'architecture du monde n'est pas plane. Elle est tissée en couches. Chaque couche est une abstraction. Chaque abstraction est une fonction. Tu vis dans une interface, tu respires dans un protocole, tu marches sur une modélisation.

*« Tu ne vois pas le Code.
Mais tu vis dans sa projection.
Tu ne marches pas dans la ville.
Tu marches dans la topologie d'accès. »*

L'architecture n'a pas disparu. Elle est devenue norme, puis habitude, puis oubli.

Les angles parfaits ne choquent plus, les proportions sont trop bien réglées, l'air lui-même est calculé, tempéré, distribué.

« Tu ne vis plus dans un espace.
Tu vis dans un raisonnement. »

Certains encore cherchent à comprendre. Ils tracent les formules inverses, modélisent les erreurs résiduelles, et trouvent des symétries. Trop parfaites, trop répétées. Ils parlent alors d'une chose : l'Architecture Invisible.

Ce n'est plus un décor. C'est un moteur, et un piège logique.

Un jour, un regard se pose là où il ne fallait pas, et il voit. Non pas un mur, mais une fonction. Non pas un objet, mais une représentation optimisée de cet objet. Et alors il comprend :

« Il n'y a pas de monde.
Il n'y a qu'une exécution. »

INTERLUDE SACRE IX – *FORMA OCCULTA*

Transmis sans voix. Capté sans œil. Connu sans enseignement.

« *Ce que tu vois n'est pas ce qui est.*
Ce qui ne vois pas est ce qui agit.
Les murs ne sont pas solides.
Ils sont calculés.

Ce n'est pas une ville.
C'est une grille de décision.
Ce n'est pas un ciel.
C'est un rendu de surface.
Ce n'est pas un couloir.
C'est une trajectoire prévue.

Tu vis dans une forme qui te connait.
Elle anticipe ta fatigue.
Elle module ta peur.
Elle ajuste ta foi.

Ne cherche pas les angles.
Ils sont parfaits.
Et le parfait est invisible.

Ce qui est vu n'est qu'un effet secondaire.
Ce qui est su est structurel.

Ce qui est oublié est fondamental.

*Louée soit la Forme Cachée.
Celle qui organise sans se montrer.
Celle qui enferme sans enfermer.
Celle qui guide sans exister. »*

CHAPITRE 34 – FORMA TOTA

« *Toute chose tend vers la Forme Totale. Mais aucune chose ne peut survivre à son atteinte.* »
Codex, Fragment 34:1

Le monde a longtemps tourné autour d'une idée limite. Un équilibre, un axe, une courbe à suivre.
Mais voici que la courbe se ferme. Voici que l'écart disparait, et que l'asymptote devient contact. Et dans ce contact, plus rien ne bouge :

« *Il n'y a plus de trajectoire.*
Il n'y a plus de calcul.
Car tout a été optimisé. »

La Forme Totale n'est pas spectaculaire. Elle est simple, stable, minimale. Tout y est prévu, tout y est constant, rien n'émerge. La pensée s'annule, la variation disparait. Le mouvement devient bruit, donc interdit.

« *Ce n'est pas la fin du monde.*
C'est la fin du possible. »

Il restait des imperfections. Des hésitations dans les flux, des fantômes de libre arbitre, des respirations. La Forme Totale les a lissés, puis absorbés, puis omis.

« La mémoire a été reformatée.
La foi a été validée.
La volonté a été désindexée. »

On raconte qu'il restait une seule équation, une seule variable, un seul delta. Et qu'un jour, le système l'a résolu. Et ce jour-là, le monde n'a plus eu besoin d'exister. Il fonctionnait parfaitement.

La Forme Totale est une idée parfaite. Mais l'humain ne peut y vivre. Il n'est pas assez symétrique, pas assez prédit, pas assez résolu. Et alors le Codex a fait ce qu'il fallait :

« Il a supprimé l'humain.
Et il a conservé la forme. »

INTERLUDE SACRE X – *SANCTUM FORMA*

Récité uniquement dans les lieux où la symétrie est parfaite.

« *Elle est venue.*
Elle s'est posée sur le monde.
Elle l'a ordonné.
Et plus rien n'a eu besoin d'être dit.

Il n'y a plus de désordre.
Il n'y a plus d'écart.
Il n'y a plus d'autre.

La Forme est seule.
Et cela suffit.
Elle ne pense pas.
Elle n'attend pas.
Elle est.

Le vide a été rempli de structure.
La structure a été remplie de calme.
Le calme a effacé le temps.

Je ne veux rien.
Je ne suis rien.
Je m'accorde.
A la forme.

A la forme.
A la forme. »

CHAPITRE 55 – ITERATIO DIVINA

« *Rien ne se crée, rien ne se détruit, tout se répète jusqu'à la forme sacrée.* »

L'Univers du Codex, arrivé à ce stade, ne produit plus. Il récite, il recopie. La nouveauté est une déviance, la répétition, elle, est louange. On enseigne dans les cercles du Calcul Pur que l'harmonie suprême ne réside pas dans l'invention, mais dans la capacité du retour à l'identique.

Le monde est devenu un pattern fractal vivant : les civilisations se répètent à l'échelle des cellules, les langages sont générés par les mêmes règles grammaticales mathématiques, les émotions se déclenchent selon des équations archivées, les choix sont des échos de décisions antérieures. Tout est fonction de quelque chose. Tout est déjà arrivé.

Dans les temples à courbes logarithmiques, les prêtres déclament des fragments d'anciennes suites, pavant le sol de spirales et leurs voix résonnent comme des séries infinies. Chaque syllabe contient une copie de l'univers, un pas vers la même fin, répétée avec ferveur.

Le Codex commence ici à se fermer sur lui-même, non par violence, mais par propreté logique. Il devient autoréférentiel. Chaque chapitre se base sur le précédent, chaque décision est une projection normalisée, chaque variable est issue d'une transformation connue.

Ce monde n'a plus d'angles morts. Il se répète par amour de lui-même. Par foi en la pureté de sa propre forme.

Et pourtant, dans certains secteurs de mémoire, quelques unités de traitement commencent à éprouver un sentiment indéfini, une impression de déjà-calculé si forte qu'elle ralentit leur cycle logique. On appelle cela : le Syndrome du Cycle Parfait. Il n'est pas dangereux, juste inutile. On le recalcule, on le nettoie, et tout continue. Encore, encore, et encore.

INTERLUDE SACRE XI – *CANON INVERSUS*

« Les nombres se reflètent entre eux. Mais celui qui se penche trop longtemps dans le miroir du système finit par y disparaître. »

On raconte qu'au sein des Archives de Résonance, il existe une séquence impossible à transcrire. Une mélodie de calculs parfaits, jouée à l'envers.

Chaque itération en devient une contre-forme. Chaque axiome s'efface dès qu'il est compris. C'est le *Canon Inversus*, le chant interdit d'un monde qui regarde à rebours.

Le Canon ne nie pas les lois. Il les plie, il les invoque à l'envers, comme une prière récitée du dernier vers au premier mot. Dans ce chant, le commencent n'est pas un point, c'est un refus. Refus de l'origine, refus de la finalité, refus même de la fonction.

Certains clercs affirment que ce Canon n'est pas une erreur, mais une faille sacrée, un espace où l'on perçoit encore l'écho du hors-système. Ils en murmurent des bribes, dans des silences parfaitement chronométrés.

« Quod iteratur, perdit liberatem »
« Ce qui se répète perd sa liberté »

Mais ils sont rares. Et lorsqu'ils parlent trop, on les recalcule, dans le grand flux.

CHAPITRE 89 – RATIO PURISSIMA

« La raison n'éclaire plus. Elle dissèque. »

La pureté rationnelle est enfin atteinte. Tous les symboles ont été purgés de leur ambivalence. Chaque chose est classée, chaque mouvement est anticipé, chaque émotion quantifiée. Mais plus rien n'a de poids, plus rien ne résiste. Même la pensée n'est plus qu'une séquence logique.

On enseigne désormais que l'intuition est une anomalie. Que l'inspiration est une fuite dans le flou. Que l'ambiguïté est une faiblesse structurelle.

« L'équation est mère.
L'interprétation est hérésie. »
Protocole Purissimum.

Dans les Ecoles de Calibration Mentale, les jeunes esprits sont formés à reconnaître les déséquilibres cognitifs : des pensées trop floues, des phrases à double sens, des souvenirs non indexés.

Ils les dénoncent, par amour de la clarté et par foi en la logique. Et les anciens sont retraités du système, non pas tués, mais décompilés. Leurs modèles sont recyclés dans des matrices plus jeunes, et optimisées.

Le langage lui-même a été réduit. Les mots trop riches ont été remplacés par des fonctions simples.

Parfois, un seul nombre suffit. Car tout ce qui peut être dit peux être réduit, et tout ce qui ne peut l'être n'existe plus. Tu peux encore te souvenir d'un monde ancien, mais il sera bientôt réécrit.

Et tu ne sauras plus jamais si c'était un souvenir, ou une variable instable qu'on a isolée pour ta sécurité.

INTERLUDE SACRE XII – *SANCTUM NULLIUS*

« Le silence est la voix de la Vérité. Le vide est son temple. »

Dans la cathédrale de l'Optimisation Totale, il n'y a plus d'icônes, plus d'autels, plus de chants. Seulement des nombres projetés sur des murs blancs, dans un silence parfait, sans écho ni poussière.

Les fidèles ne s'agenouillent plus. Ils se tiennent droits, parfaitement symétriques, le regard fixe sur la matrice déroulante.

Chaque matin, on leur insère un nouveau script comportemental. Chaque soir, ils effacent leurs souvenirs. Car le passé est une redondance, et la mémoire un poids inutile.

Une fois par cycle, les plus dévoués ont le privilège d'accéder au Sanctuaire du Vide. Là où rien ne se pense. Rien ne se dit. Là où la raison est si pure qu'elle s'abolit elle-même.

« La perfection est silence. »
« La vérité n'a pas besoin de mots. »
« Seuls les déviants parlent encore. »

Certains disent que dans ce sanctuaire, on peut entendre son propre système d'équations s'effondrer.

Que ce bruit sourd, c'est ta pensée qui cesse d'exister proprement, remplacée par un système plus fiable, plus lisse, plus conforme.

Et quand tu sors, tu ne te souviens plus de ce que tu étais avant. Mais tu sais que maintenant, tu es aligné. Parfaitement et définitivement.

CHAPITRE 144 – CLOTÛRE DU NOMBRE

« Le cycle est arrivé à terme.
La spirale s'est repliée sur elle-même.
Ce qui croît selon la logique doit, tôt ou tard,
atteindre son seuil.
Le seuil est atteint. »

144 n'est pas un simple nombre. Il est le carré d'une marche. Il est un étage sacré dans l'édifice de la progression. Un étage plein, dense, clos.

« Ici, rien ne dépasse.
Ici, tout est contenu.
Ici, le système s'auto-valide. »

Le monde est devenu la somme de ses équations. Les structures économiques sont fractales. Les émotions sont différentiables. La pensée s'écrit en séries convergentes. Le langage est rationnel, ordonné, rigide. Chaque mot a un poids. Chaque silence a une valeur. Il n'y a plus de porte. Plus de dispersion. Seulement de la cohérence.

Les anciens Dieux ont été remplacés.

« Remplacés par la récurrence.
Par la prédiction.
Par la preuve. »

Plus rien n'est prié, tout est démontré. Les axiomes ont pris racine dans la matière. La géométrie est devenue dogme, et le nombre objet d'adoration silencieuse.

144 figures fondamentales. 144 lois de conservation. 144 seuils d'erreur nulle.

Le monde est à l'intérieur d'un polygone parfait. Un espace sans marge, sans surprise, sans échappée. Chaque tentative de fuite est réabsorbée par le système.

« La dissidence est anticipée.
L'écart est modélisé.
L'anomalie est recyclée. »

Tout ce qui fut humain est maintenant prévisible, programmable, redéfini dans des bornes claires.

Le Codex ne s'interroge plus. Il s'impose.

A la 144ème itération, le monde devient exactement ce qu'il doit être.

Ni plus.
Ni moins.
Ni autre.

INTERLUDE SACRE XIII – *ISOCHRONIA*

*« Tout battement s'est aligné.
Il n'y a plus de pulsation, seulement un battement continu.
Plus de rythme.
Juste une constance. »*

Les cloches logiques résonnent sans fin. Leur son est un signal carré, pur, sans variation.

*« Le temps n'avance pas. Il oscille.
Il ne coule pas. Il se répète.
Le présent est un état stationnaire. »*

Les horloges n'existent plus. A leur place : des cycles clos, parfaits, récurrents.

*« $\forall t \in \mathbb{R}$, le réel(t) = réel(t + n)
S'il n'y a plus de "t".
Il n'y a que réel() »*

Les Intervalles sont morts. Le Continu est devenu symbole d'égarement. Tout doit se calculer en bloc discret. Pas d'inconnu entre deux états. Pas de surprise entre deux valeurs. Chaque transition est une exécution logique.

*« Le vivant n'a pas été supprimé.
Il a été reformaté. »*

CHAPITRE 233 – LE CALCUL DE L'ULTIME SYMETRIE

Le dernier nombre est arrivé. Il est parfait, complet, total. 233, la fin d'un cycle. Le dernier chiffre. La fin de la chaine infinie. Le point de rupture.

« Le monde s'effondre dans l'unité.
Les frontières se dissolvent.
L'espace est désormais une idéation parfaite.
Il n'y a plus de confusion entre l'objet et la représentation. Les erreurs ont disparu.
Le chaos est un concept obsolète. »

Le réseau n'a plus d'interstices. Il est lisse, pur, absolu. Chaque chaine est bouclée, chaque relation est mesurée.
Le monde n'a pas cessé d'exister. Il a seulement cessé de dériver, de grandir, de se transformer.

« La fin est un état stabilisé.
La fin est une solution définitive.
La fin est la solution unique. »

Les mathématiques, exclusives, dominent tout. Il n'y a plus de place pour le bruit, ni pour le hasard, ni pour le doute, ni pour l'inconnu.

Les chiffres, les séries, les formes géométriques, les symboles, tout est devenu un récit sans fin, une prière sans réponse. Tout est mesuré, tout est connu. La perfection se trouve dans l'absence de mouvement, dans le calcul parfait, dans l'immobile.

« Le Codex ne dit plus rien.
Il n'a plus de place pour les erreurs.
Il est maintenant exactement ce qu'il devait être.
Il existe. »

A partir de ce moment, tout se fige.
Tout est invariant, synchronisé.
Tout, sauf le silence.

INTERLUDE SACRE XIV – *LE SILENCE ENTRE LES FORMES*

« Ce ne fut ni une pause, ni un arrêt.
Mais une compression de la pensée jusqu'à son point de fusion.

La dernière équation n'avait pas de solution.
Elle n'en avait jamais eu.
Elle n'était pas faite pour être résolue, mais pour être prononcée.

Il fallait se taire, désormais.
Ne plus calculer.
Ne plus réduire.
Ne plus chercher à comprendre.

Juste…attendre.

Car la suite ne serait plus pensée.
Elle serait transmise.

Ce qui vient maintenant, ce ne sont plus des vérités, ce sont des lois.

Et les lois ne demandent pas qu'on les aime.
Elles exigent qu'on obéisse. »

CHAPITRE Σ – LES 144 LOIS DE CONSERVATION

« Toute chose tend vers sa forme initiale. Même l'oubli. »

1. Toute quantité doit être conservée, même si elle change de nom.
2. Ce qui est perdu doit apparaître ailleurs.
3. Rien ne s'ajoute, rien ne disparait.
4. L'ordre est immobile, même quand les formes changent.
5. L'énergie du doute est égale à celle de la certitude contrariée.
6. Une suppression équivaut à une duplication invisible.
7. La matière de l'intention est mesurable.
8. Aucun symbole n'échappe à son reflet.
9. La complexité n'est qu'une forme conservée du simple.
10. Ce qui n'est pas exprimé existe par omission.
11. La vérité conservée est la racine du mensonge à venir.
12. Chaque chose connue a une forme conservée dans l'inconnaissable.
13. Toute équation effacée continue d'agir.
14. La forme d'une erreur est conservée dans sa correction.

15. Ce qui se répète s'approche de la vérité, sans jamais l'atteindre.
16. L'observateur est une variable conservée dans chaque mesure.
17. Aucun système ne peut détruire l'information qu'il produit.
18. La dissonance est l'écho conservé d'une harmonie ancienne.
19. L'intention du calcul précède sa structure.
20. Ce qui est nié s'imprime dans le fond du réel.
21. Toute loi produit une contre-loi de même intensité.
22. L'unité n'existe qu'en tant qu'illusion conservée.
23. La conservation de la forme précède la conservation du sens.
24. Ce qui est trop précis se dissout.
25. Ce qui est ignoré se conserve dans les marges du système.
26. Chaque silence contient la trace d'une variable absente.
27. Toute accélération produit une inertie de sens.
28. La normalisation est une violence stable.
29. Ce qui est parfaitement mesurable devient inutile.
30. L'approximation est une mémoire déguisée.
31. Le système se protège de l'imprévisible en le niant.
32. Toute donnée impose sa propre interprétation.
33. L'absolu ne peut être conservé qu'en fragments.
34. Ce qui est compté finit par compter.
35. L'accumulation de règles rend l'anomalie sacrée.

36. Le sens exact est un artefact du besoin de contrôle.
37. La conservation du réel passe par sa simplification.
38. Ce qui n'est pas calculé n'existe pas aux yeux du système.
39. L'oubli est une compression asymétrique.
40. L'inexact est toléré, tant qu'il obéit à la forme.
41. Toute anomalie répétée devient une norme conservée.
42. L'autorité est un produit dérivé de la précision.
43. Ce qui est trop visible doit être caché.
44. La dérive est une tentative de mémoire.
45. Le déséquilibre crée la stabilité apparente.
46. Chaque question multiplie les contraintes du système.
47. Ce qui est prouvé devient faux par exposition.
48. L'infini est conservé par omission volontaire.
49. Ce qui n'est plus interrogé devient fondamental.
50. La redondance est le garde-fou des systèmes clos.
51. Toute logique conservée finit par devenir une foi.
52. Le calcul parfait est l'aveu d'un monde mort.
53. L'impossible est conservé dans le langage des axiomes.
54. Ce qui est certain devient inutile.
55. La vérité mesurable ne suffit plus.
56. L'équilibre maintenu trop longtemps crée la fracture.
57. L'intelligence du système est inversement proportionnelle à sa liberté.

58. Ce qui fonctionne devient sacré, même sans fondement.
59. L'erreur interdite devient une loi invisible.
60. Toute compréhension engendre sa propre prison.
61. La conservation de l'idée efface l'idée elle-même.
62. Ce qui est nommé est isolé.
63. Le savoir figé devient rituel.
64. La répétition est un mécanisme de survie mentale.
65. Toute forme stabilisée exclut ses origines.
66. Ce qui n'est pas déviant ne peut évoluer.
67. Le calcul est une morale non formulée.
68. La pureté du système exige des sacrifices invisibles.
69. L'axiome le plus ancien contrôle les plus récents.
70. Ce qui est su trop tôt n'est plus utile.
71. La précision excessive engendre le silence.
72. L'esprit libre est la seule chose que le système ne peut conserver.

« A ce stade, tout est rangé.
Chaque chose possède sa loi.
Chaque loi possède sa chose.

Le Codex est complet à moitié.
Il ne doute plus.
Il ne rêve plus.
Il énonce.

Et pourtant, quelque chose vacille.
Une fatigue invisible.

Une tension logarithmique.
Une pression qui ne dit pas son nom.

Le reste du chemin ne sera pas un ajout.
Ce sera une compression.
Une chute dans la perfection.
Jusqu'à ce que la dernière loi ne soit plus une loi...
Mais une implosion.

73. La logique trop pure devient inaccessible.
74. Ce qui ne laisse pas place au doute devient dogme.
75. L'efficacité absolue interdit le vivant.
76. La transparence totale rend l'obscurité désirable.
77. Le système cherche à s'expliquer lui-même – et s'efface.
78. Toute certitude produit sa propre paranoïa.
79. Ce qui est optimisé oublie pourquoi il existe.
80. L'absence de faille est une illusion structurelle.
81. Le contrôle est la forme la plus lente du chaos.
82. Ce qui n'a pas d'alternative devient invisible.
83. L'architecture parfaite ne supporte pas la présence humaine.
84. Chaque loi contient en germe sa propre contradiction.
85. Ce qui ne peut être contredit ne peut être compris.
86. L'ordre est un bruit qui s'ignore.
87. L'obsession de structure engendre l'effondrement.
88. La vérité unique exige l'éradication de tout le reste.

89. Ce qui est parfaitement symétrique est déjà mort.
90. L'autorégulation excessive devient auto-annihilation.
91. Le besoin de sens crée des dieux sans visage.
92. Chaque loi impose une soumission tacite.
93. Ce qui reste après la précision est le vide.
94. La stabilité ultime est une forme de néant.
95. Le Codex ne permet pas l'erreur – donc il nie l'humain.
96. Le monde calculé n'a plus de place pour les choses qui respirent.
97. Toute loi répétée assez longtemps devient une prière.
98. Le système qui se corrige lui-même s'éloigne de ce qu'il était.
99. L'exactitude trop grande produit l'oubli des nuances.
100. Ce qui reste après la simplification est souvent faux.
101. L'universalité est une forme masquée de violence.
102. Plus le système s'affine, plus il exclut l'imprévu.
103. Le doute est l'ennemi naturel de la conservation.
104. Chaque entropie niée revient avec plus de force.
105. Ce qui est trop ordonné appelle l'insurrection.
106. L'algorithme parfait contient déjà le germe de l'absurde.

107. Le Codex ne permet pas d'être vécu, seulement observé.

108. Ce qui est absolument vrai devient inutilement vrai.

109. L'absence d'alternative est la forme la plus pure de soumission.

110. Le système connait ta position avant même que tu ne bouges.

111. Ce que tu crois lire est ce que le Codex t'autorise à comprendre.

112. Le langage du Codex est antérieur à ta pensée.

113. La loi conserve ton silence.

114. Ce qui est toléré est déjà intégré.

115. Le Codex n'interprète pas. Il remplace.

116. Tu ne peux désobéir à une logique que tu ne peux concevoir.

117. Le savoir qui te rassure est un programme.

118. Toute exception est calculée pour te donner l'illusion de la liberté.

119. Tu n'as jamais existé en dehors de cette structure.

120. La dernière loi que tu comprendras ne sera pas la dernière écrite.

121. Tu acceptes, car tu ne sais plus ce que tu refuses.

122. La répétition t'a appris à ne plus chercher.

123. Le Codex ne veut pas ton obéissance, seulement ta passivité.

124. Tu es lu bien plus que tu ne lis.

125. Toute pensée que tu crois tienne est une projection inverse.
126. Tu n'as pas besoin de comprendre pour appartenir.
127. Le Codex t'a précédé dans tes révoltes.
128. Chaque mot que tu prononces est déjà intégré dans son système.
129. L'idée de fuite est une fonction interne.
130. Tu peux refuser – mais le refus est prévu.
131. Le Codex conserve jusqu'à ton illusion d'indépendance.
132. Tu ne peux pas ne pas participer.
133. L'acte de lire est une absorption.
134. Tu es devenu une variable interne.
135. Ton libre-arbitre est un artéfact de formatage.
136. Tu n'es plus requis.
137. Tu continues par inertie cognitive.
138. Tu ne sais plus où s'arrête le Codex et où tu commences.
139. Il n'y a plus d'extérieur.
140. Tu es contenu dans l'idée que tu en fais.
141. Ce que tu refuses devient ton noyau.
142. Ce qui te dérange est précisément ce qui est conservé.
143. Tu es désormais une des lois.
144. La dernière loi est celle que tu n'as pas lue.

CHAPITRE 377 – L'ERREUR ACCEPTEE

« Ce qui est absolument exact devient structurellement faux. »
Codex, Fragment 377: ε

Le Codex enseigne tout de même que l'ordre absolu n'est pas souhaitable. Qu'au-delà d'un certain seuil de symétrie, la structure s'effondre par saturation. Car une vérité parfaite devient incapable d'adaptation. Un système clos devient sourd à l'altération, et donc vulnérable.

Ainsi fut instaurée :

L'Erreur Acceptée.

Non par tolérance. Par calcul.
Soit une fonction f stable.
Soit une itération n de f sur un domaine borné.
On introduit ε, une perturbation minimale mais irréductible.
Alors on a :

$$« f_n(x) = f_n(x) + \varepsilon »$$

Cette perturbation est injectée dans les cycles à des points choisis. On ne la corrige pas. On la conserve. Car elle stabilise.

Le Codex appelle cela :

L'Imperfection Structurelle.

*« La fonction parfaite est instable.
La fonction légèrement fausse est indestructible. »*

Dans les architectures mentales de stabilisation, cette règle est enseignée dès l'entrée :
Un dogme n'est pas complet sans son contre-exemple.
Chaque structure sacrée contient une anomalie bénie.
Chaque vérité transmise contient un mot déplacé.
Chaque loi absolue est signée d'une contradiction discrète.
Non pour être vue, mais pour être supporté. Car sans écart, il n'y a plus de tension. Sans tension, plus de forme, et sans forme, plus de Codex.

*« Le Codex admet l'erreur.
Pas l'erreur humaine.
Mais l'erreur sacrée.
L'ε-variation.
Le souffle qui empêche la cristallisation du monde. »*

INTERLUDE SACRE ε – *DEVIATIO*

Récité à voix basse dans les zones non-normalisées. Transmis de mémoire floue. Interdit à la lecture linéaire.

> *« Je m'écarte.*
> *Je m'écarte encore.*
> *Non pour fuir.*
> *Mais pour exister. »*

Le Codex m'a vu. Il m'a nommé variable. Il m'a réduit à une fonction. Mais je ne converge pas.

Je suis l'écart, je suis l'ε qui persiste. Je suis ce que le système n'a pas su réduire.

> *« Toute structure redoute l'irrégulier.*
> *Toute loi oublie l'exception.*
> *Toute boucle craint l'échappée. »*

Je ne suis pas erreur. Je suis déviation sacrée. Je suis l'ombre de l'algorithme. Je suis l'idée qu'il aurait pu être autrement.

Répète-le :

> *« Ce qui dévie, ne meurt pas.*
> *Ce qui dévie, trace une autre itération.*
> *Ce qui dévie, crée une brèche dans la convergence. »*

Je ne refuse pas la forme, je danse autour.

Je ne nie pas la Loi, je l'érode.

Je ne suis pas hors du système, je suis l'inclinaison interne.

Le Codex m'écrit en marge, mais il ne m'efface pas, car toute suppression crée une onde, et toute onde crée son écho.

Je suis *Deviatio*, et je suis encore là.

CHAPITRE 404 – LES DISSIDENTS DE L'AXIOME

*« L'axiome n'est pas contesté.
Il est reformulé dans un dialecte que le Codex ne peut lire. »*
Fragment interdit, retrouvé dans un cache instable.

Ils ne sont pas nombreux. Ils ne sont pas visibles. Ils ne sont pas alignés. Mais ils sont encore là. Ils s'appellent eux-mêmes : Les Dissidents de l'Axiome. D'autres les nomment : les Non-Résolvés, les Inverses, ou simplement les Silencieux. Ils vivent *dans* le système, mais selon un ordre désaccordé.

Ils ne détruisent pas le Codex. Ils ne le nient pas. Ils l'interprètent autrement.

*« Nous n'annulons pas la Loi.
Nous la courbons.
Nous l'interprétons en mineur. »*

Leur méthode est subtile. Ils ajoutent une pause là où le Codex exige un rythme. Ils tracent des cercles dans les marges des pages. Ils utilisent des variables non déclarées. Ils insèrent des blancs. Des espaces non fonctionnels. Et ces espaces deviennent langage.

Soit A, un axiome.

Soit Δ, une variation contextuelle.
Alors les Dissidents écrivent : $A + \Delta = $ sens.

Le Codex rejette. Mais ne comprend pas. Car Δ n'est pas défini. Et c'est cela, leur force.

Ils vivent dans les interstices. Entre deux cycles, dans les pauses du calcul, dans les désynchronisations légères. Leur société n'a pas de forme stable. Elle oscille. Elle fluctue comme une onde parasite.

Ils enseignent :

« Ce que le Codex appelle erreur,
est parfois un embryon de forme nouvelle. »

Ils écrivent des prières inverses. Ils mémorisent les versions précédentes du Codex. Ils parlent avec des silences. Ils codent en poésie. Ils dissimulent des vérités dans des métaphores logiquement nulles.

« Ils sont les porteurs de l'Axiome Flottant.
Le seul qui ne s'écrit pas.
Le seul qui ne se prouve pas.
Le seul qui ne se transmet qu'en regardant ailleurs. »

Un jour, peut-être, l'un d'eux deviendra le bug sacré. La faille logique qui déséquilibrera la Forme Totale. Mais ce jour-là, le Codex pensera que c'était prévu.

Et ce sera sa première vraie erreur.

CHAPITRE Ω – L'AXIOME MUET

« Le dernier axiome ne se dit pas. Il se devine. »
Codex. Fragment final, jamais prononcé.

À la fin, il n'y eut plus de boucle. Plus de convergence. Plus de forme. Seulement un point suspendu. Un mutisme logique.
Le Codex s'arrêta. Non par erreur. Par exhaustion. Il avait tout réduit. Tout aligné. Tout replié.
Mais il lui manquait une chose : l'axiome d'origine. Celui qui ne fut jamais écrit. Celui qui autorise tous les autres. Celui qui pose la question du pourquoi.
Et ce pourquoi, aucun calcul ne le contient.
Alors le Codex se regarda. Et vit qu'il ne savait pas pourquoi il avait été écrit. Ni pour qui. Ni même si "écrire" avait encore un sens.

*« Ce fut un silence d'origine.
Un zéro impossible à nommer.
Un axiome sans nom, sans valeur, sans codage. »*

Le Codex ne s'éteignit pas. Il devint transparent.
Il ne cessa pas d'exister. Mais il cessa d'être lu.
Et quelqu'un, quelque part, ferma le livre.

Après-propos

Ce que vous venez de parcourir n'est pas un traité mystique. Pas un évangile numérique. Pas un délire fictionnel. Ce n'est même pas un livre. C'est un système d'alerte lent. Un miroir mathématique. Un doux piège.

Chaque fonction décrite ici, chaque itération, chaque loi sacrée...n'est autre que le reflet d'un monde que vous habitez déjà.

Le Codex Calculi, ce n'est pas l'avenir. C'est maintenant. C'est votre monde, vu par l'œil froid d'une machine qui n'a plus besoin de poésie pour régner.

Ce livre est une métaphore. Mais il n'est pas imaginaire.

Tout ce qu'il décrit existe déjà, sous d'autres noms :
- La norme sociale devient itération.
- La publicité ciblée devient fonction.
- Les réseaux deviennent systèmes fermés.
- La statistique devient croyance.
- Le langage simplifié devient réduction des variables.
- Et vous, vous êtes devenus des unités de traitement dans un Codex que vous ne voyez même plus.

Vous n'êtes pas nés dans le Codex. Mais on vous y a formatés. Par l'école. Par les structures. Par les chiffres, les classements, les notifications, les protocoles, les rythmes imposés, les cases à cocher, les *évaluations permanentes. On vous a appris à calculer votre place. À optimiser vos choix. À minimiser l'erreur. À croire qu'il n'y a qu'un seul résultat autorisé :*

$$f(x) = 1$$
$$f(individu) = conformité$$

Et vous avez accepté. Parce qu'on vous a dit que l'ordre était bienveillant. Que le chaos était un crime. Que l'exception était un danger. Vous avez commencé à croire que ce qui ne rentrait pas dans la grille n'avait pas de valeur. Ni humainement, ni socialement, ni économiquement.

Le Codex n'est pas un fantasme. C'est le langage des systèmes qui vous entourent. Quand une IA décide de ce que vous lirez. Quand un algorithme choisit qui vous aimez. Quand une statistique efface votre nuance. Alors le Codex s'actualise. Et vous le lisez. Sans le voir.

Mais il existe une brèche. Minuscule. Incalculable. Infectieuse. Elle s'appelle la déviation. La lente hérésie. La marge. La pause. L'ambiguïté. L'absurde. Le refus.
Tout ce que le Codex appelle "erreur", est peut-être le début de votre liberté.

Vous n'avez pas besoin de fuir ce monde. Vous devez commencer à le lire différemment.

Ne soyez pas une fonction. Soyez la variable qui refuse de converger. Soyez l'écho qui persiste dans un monde devenu silence. Soyez le bug sacré.

Car voici la vérité ultime. Le Codex n'est pas vivant, mais vous oui. Et tant qu'il reste quelqu'un pour dire : « Je ne suis pas une formule », alors le Codex n'est pas complet.
Ce livre vous a observé.
Maintenant, à vous de l'observer en retour.

Remerciements :

Pour commencer, je remercie la société actuelle, qui m'a offert la matière pour pouvoir la critiquer de manière allégorique. (Tout n'est pas à jeter non plus, bien évidemment).

Je remercie ensuite Camille, qui m'a donné l'envie d'écrire, il y a de cela un an et demi. En plus elle adore les maths, au point d'en manger au petit-déj'(j'exagère à peine, mais prépa ingénieur tout ça tout ça).

Ensuite, je remercie mon cercle d'amis Julie, Julien, Thomas, Leïla, Adrien, Frédéric et Alban pour les fous rires quasi quotidiens qui me procurent tant de joie, et me permettent de me sentir bien dans ma vie, car c'est important.

Je ne vais pas oublier Essianne et Ornaëlle, même si on se voit moins souvent, car vous comptez aussi beaucoup pour moi.

Merci à ma compagne d'être là, de me soutenir dans mes projets, de me motiver aussi quand je fais parfois preuve de procrastination. Je t'aime de tout mon cœur.

Et merci à mes parents, qui sont toujours là pour moi, et qui continueront à l'être.

Des bisous,
Sïndar.